離火

四方田犬彦

港の人

著者自装

離火　目次

離火

造化

造作もなく
めくりあがり
脱ぎ捨てられ
床に散らばった
下着の美しさ
新しいまま
一瞬のうちに
うち捨てられ

零れ落ちた
イヤリングの
シャルパの
ボウタイの
ないがしろの
豪奢

狩猟

不思議だ
なぜ突然に見えるようになるのか。
以前は見えなかったものが
木の塀が
半ば毀たれた碑文が
夕暮れに葉群に差し込む光が
まるで視力を獲得した盲人のように
何もかも　わたしの前に現われるのか。

これまで見失って久しいものが
これまで見たことのないものと同じように
静かに　慎ましげに　裸の現前を露わにするのか。
卑小な心は戸惑う　あるいはこれは
世界が終わろうとしている予徴ではないか。
時間が堰き止められ
昏い滝壺へと急降下する直前
一瞬だが見せる残酷な戯れではないか。
ウッチェロ
鳥の心もて森と狩人を描いた人よ
わたしは今　きみのようにすべてを見ている。
聖者を　龍を　木の陰の蛇を
馬の額に飾られた金貨を見ている。
嬉々として走っていく犬と
後を追う貴族たちの赤い帽子を見ている。

心は現われをただちに信じることができず
驚き　慌てふためき　歓びに震えている。
だが　それにしても不思議だ
なぜすべては眼に蘇るのか。
なぜ狩人たちは犬を嗾け
犬たちは鹿を追うのか。
森はどこまでも深く
暗い奥では鹿たちが
樹木の間に姿を現われ
前脚を揃え
後脚を揃え
思い思いに飛び跳ね
犬たちの執拗な眼を逸らし
さらに森の深奥へと逃げていく。
だから本当のことをいおう。

人間でない者の眼
人間が消え去った後の者の眼で
すべてを眺めてみたかったのだ。
一度でもいいから　疾走する犬の眼で
森の上をめぐる鳥の眼で
草の間を駆け抜ける鹿を見つめていたかった。
不思議だ
以前は見えなかったものが
湿地に穂を立てる草が
黒く焼け爛れた木の幹が
駆けてゆく御供たちの腰に挿した短刀が　角笛が
わたしの両の眼に映る。
落葉の下で滾々と湧き出る水のように
まだ　こんな歓びが残されていたのだとは
思いもよらぬ慰めがわたしを待っていようとは。

死の炎に火脹《ひぶく》れを来し　ひとたびは
地上の一切に眼を閉じようと決意した
わたしの不運な心に。

時節

空を行く太陽はすべてに飽きてしまい
赤く膿むわが身を引き摺ることに
疲れてはいないだろうか。
月は　凍てついた星々は
天空の軸に命じられ　好色な神々の間を廻るのに
とうの昔に嫌気が差してはいないだろうか。
岩は　赤い土砂は　廃鉱の坑道は
うち続く雨に頭を垂れるばかりで

もう火のごとき孤独に憧れることはないのだろうか。
わたしは考える
もし時節が来れば
岩は　樹々は　水の流れは　姿を変えるだろう。
本来の正しく優雅な形を取り戻し
地上に創造されてあることの栄光を歌い出すだろう。
大海に荒れる凶々しい魔物は残らず平定され
雲の間から強烈な光が差し込んで
影という影を抹殺するだろう。
わたしは考える
いや、何も変わることはないのだ。
岩も　樹々も　涸れ河の跡も　すべて今まで通りに
同じ場所に　同じ風をして存在し続けるはずだ。
時節などあたかも到来しなかったかのように
無関心を装い　不動の姿勢を解こうとしないはずだ。

それでは　倦み疲れた太陽はどうなのか
月は　星々は　宇宙の原子という原子は
宿命の道筋を繰り返すばかりなのか。
いや、そうではないと声がする。
ほんのわずかだけだが　すべては動くはずだ。
岩も　樹々も　水の枯れた脈筋も
目には見えないかもしれないが　ほんのわずか
自分の位置を動かし　その響きを確かめあうだろう。
岩を破壊するのは一瞬だし
樹々を切り倒すことはたやすい。
閃光で万物を焼き尽くすことはさらにやさしい。
だが　すべてをほんのわずかだけ場所を動かすことを
われわれはなしえた試しがなかった。
それを実現するための時節がいつか到来するのだ。
そしてわれわれは　鉱山の赤錆びた廃墟に佇み

雨に打たれながら
ほんのわずかの希望
ほんのわずかの約束ごとを信じて
なしくずしの生を生きるのだ。

馬

人生は窓だ。
闥なんかじゃない
きみはそういって
飛び出していった。
埃だらけの物置小屋
蜘蛛の巣に塗れたガラス窓の隙間から
白い馬が走り去っていくのが見えた。
どうしてもこいつを追い駆けるんだ。

置き去りにされた僕は
きみが出て行ったばかりの窓の外を見渡した
何も見えなかった。

馬はどこへ行ったのか。
きみは馬に追いつくことができたのか。
強引に鬣を摑んで　手綱を握り
獰猛なその背に跨ることができたのか。

ぼくは知っている
あの白い馬は死だった。
昏く湿った冥府から
きみを引攫いに　陽光の地上へ現われ
柘榴と葡萄の繁みを抜けてきたのだ。

ぼくは出ていかなかった。
物置小屋の蜘蛛たちと親しみ
埃の積もった桟に指を這わせながら
きみの妹を勾引《かどわ》かし
卑屈な快楽を頼りに生き長らえた。

きみが垣間見た一瞬の馬とは　いったい何だったのか。
柘榴の紅と葡萄の緑は　天涯に映し出されたスクリーン
ぼくは愚行の美しさを知らないまま
愚行を怖れつつ生きた。
大きく放たれた窓の向こうには
ぼくを嘲笑うかのように口蓋を拡げ
夥しい涎を垂らす　巨大な馬の幻。

クワガタ

わたしが造りたいのは恐怖の博物館。
まだ青い悲嘆の穂先を刈り取り
そのかみ黄金であった時の砂粒を
炭塵に汚れた爪先で搔き集め
記憶の泥の深いところに
赤錆びた鉄楔を打ち込む。

箕面川の峡谷に沿った昏い径が

突然開けきったところに
昆虫館があった。
広々とした白い壁に
巨大なクワガタの模型が飾られていた。

腐葉に微睡《まどろ》む幼虫に似て
これまで形をなしてこなかった人生が
輪郭をゆっくりと露わにする。
時の震えを纏め上げ　朽木で祭壇を設えるのに
どれだけの時間が許されているだろう。

贈られた花は色褪せ
摘みとった花は崩れて久しい。
怒りは出会いがしらの偶然であり
悲しみは狡猾さの領分だった。

曇天の隙間から降り来たる優しさが
話しかけて来る　物欲しげな顔つきで
わたしの無感動を窺いつつ。

気が付かないのか
種子の気紛れをいまだ当てにする愚か者よ
蔓物を剪定する時期は過ぎた。日ごとの悔恨も
とうに流行が過ぎてしまったのだと。

わたしが造りたいのは恐怖の博物館。
感傷にひな曇る共和国ではなく
ミルトの密なる繁みの向こうに
歳月が思いがけず見せる媚態の苦さ。
心中の希望はただひとつ　朽木を搔き寄せ
腐葉をかき混ぜること。

それでも乾ききった心の甕の底に
まだわずかばかり情熱が残っているのなら
蔦の跡に汚れた博物館の壁に
クワガタの黝《くろ》い紋章を設えてみたいのだ。

ラフレシア

そのだらりとした舌
幾千もの疣に覆われた怠惰。
窖にびっしりと生えた棘
吐く息の甘やかな臭さ。
全宇宙を嘲笑うかのように
慎みもなく拡げられた唇。

地名はどこに消えた
葉も茎もない　根すらない虚無。

記憶の残り滓
網膜の奥に芽吹く冥府。

＊

白昼の光はどこに仕舞おうか。
雷雨はどこに持ち帰ればいいのか。

あらゆる拒絶に勇気がいるように
眼を閉じるのにも勇気がいる。

もう一度　目覚めるとしたら
虫たちの騒ぐ森の湿地に赴くことだ。

たとい足を棘茨で傷つけ
熱病に瞼が塞がっていようとも

雷雨の記憶に導かれ
ラフレシアの拡がりの前に佇むことだ。

羊歯の陰を敏捷に走る蜥蜴よ
濡れた背をくねらせ　わたしを祝福せよ。

網膜の無限の上を飛ぶ鳥よ
歓びもてわが到来を告げよ。

マテーラ

羽蟻がいっせいに飛び立った後の
置去りにされた　孔だらけの町で
わたしはひと夏を過ごした。

朽ちた石段を上り
黒く穿たれた無人の窓を探ると
向日葵の紋の壁に出る。

刻まれた馬が　眼を見開き
黄ばんだ歯を剝き出しにしている。
水を忘れて久しい水盤のそばで

擦り切れたジャンバーを着た男たちが
煙草を手に　花火の相談をしている。
聖エウスタキオの夜が近いのだ。

倦んだ太陽が矮人の影を長く伸ばす夕べ
崩れかけた蟻塚の町を
わたしは憑かれたように歩き続けた。

もし人生が何かの別の隠喩であるとしたら
石段は　紋章は　荒れ果てた噴水は
わたしに何を告げていたのか。

町の頂に立つと　硝煙に鐘の音が混じる。
崖の向こうに人家はなく　灌木と瓦礫ばかり
とこしえもなく続く荒野　誘惑の拡がり。

灰燼

美しい顔はある。
燃え残った階段を上り
扉と窓の跡を確かめながら
きみはカメラを廻す。

見てしまったがために
引き返せなくなったものがあり

見ようとして　見ることの
二度とかなわぬものがある。

到達できない悲しみというな。
焦げた支柱を辿って　煤《すす》に手を汚し
石畳の回廊にまで躍り出たとして
悲しみに到達できないのが苦痛なのだ。

古代山海《せんがい》に棲む怪鳥邪獣のように
砕け散った瓦礫を組み合わせ
モザイックを造りあげられるとしたら
心はどれほど慰められたことか。

歴史は悪夢だなんて　聞いたようなことをいうな。
歴史の外で生きられた試しなどなかった。
歴史はいつも外から来たる鉄鎖で
きみに有無をいわせぬ屈従を命じた。

美しい顔はない。
忘れてしまいたい顔があるように
忘れることを怖れ
灰燼に埋もれても消滅を拒む顔がある。

美しい顔はある。
忘却は慰めだが　記憶とは闘い。

炎のなかで燃え崩れてゆく顔。
生きるとは
心に何の慰めもないというのに
抗いの顔から眼を逸らさないこと。

懐沙

1

野馬《かげろい》の走る原野で　わたしは知る。
六神に祈るべき時は過ぎた。
残余は草のなかを進むばかりだ。
碑文は穿たれ　楽師たちは四散する。
わたしは永く哀しみ

泪《なみだ》して　南の地へ向かった。

美しい顔はない。
破壊された顔だけがある。
小蛇なす蔓に足を奪われ

頭上から烏瓜に嘲《あざけ》りを受ける。
女羅《ヒカゲノカヅラ》は渦巻き垂れよ。
紙莎草《パピルス》は緑の火となりて　風に揺れよ。

夏の果てには何があるのか。
書くとは隠すこと
姿を隠した不滅を目指すこと。

その先はまだ見えない。

2

水を渡った魂はいつ戻ってくるのか。
水の向こうにきみがいると教えられ
わたしは指のルビーを外し

帽子のサファイアを水に損《す》てた。
江の安らかなるを願い　水面を眺めた。
投げ捨てた朱と碧を見ることはもうあるまい。

水を渡った魂はいつ戻ってくるのか。
優しげな眼差しと形のよい唇は
いつわたしの前に現れるのか。

きみが葦の繁みを掻き分け
水音を立て　カワセミを驚かせ
歓びをもう一度携えてくることはあるのか。

陰鬱な雲の下　波風がうるさい。
わたしが水を渡らないのは　わたしの宿命だ。
枯草を焼くあの火は浄火なのか。

3

「海の花嫁《カフェ・ラウダ》」のテラスで　わたしは知る。
いたずらに墳墓を探す時は過ぎた。
海からの風が顔にうるさい。

最後に遊びに行ったとき
きみが食堂で切ってくれたパピルスの茎。
底なしのナイルの泥　静寂《しじま》なる

冥府から這い出た花車な茎。
美しい顔は存在する。
逆さに水に漬け　根が出たら土に戻すのだ。

魂はもう戻らない。
魂が戻ってくるのは　言葉のなかにだけ。
パピルスは緑の火となりて　風に揺れる。

風の起源を見据えたとして
蔓草と泥の来歴を知って　何になろう。

わたしは屈みこみ　砂粒を懐かしむ。
砂粒は永遠の数ほどに展がり
美しい顔は存在する。
重ねて傷む心を抱えながら。

離火

1

山の高さは
別の山頂に立って
はじめて見定められる。
わたしははるか下方に
地球の煮え滾る陰門を眺めている。

凍てつく岩肌の底にあって
浄化を拒むもの
浄化へとしきりに誘いゆくもの。

不浄の大地にあって
過ぎし日の火傷の跡は
溶岩の噴出に慰められるのか。
記憶にこびり付いた傷処は
わたしが炎と化すことで贖われるのか。

山を知ることはできない。
高さを、形状を、材質を計りえたところで
山そのものを理解することはできない。
山はいつ燃え尽きるのか。
わたしはいつ燃え尽きるのか。

2

まず盗むこと　すべては
認知なく火錐の下床に生まれ
茴香の茎芯に隠された火から始まる。

寝所の奥に炎を放ち
穀倉の蓄えを灰燼に帰せしめよ。
蕩尽の旗を高く掲げよ。

炎の舌の卑しさが記憶の高貴を舐める。
目の前で燃えていく文書館。
留金だけを残し燃え崩れる秘密。

天上にまで達する火に
赫々と燃え上がるエデンの園。
溶けて崩れ落ちる蝎よ　星々よ。

宙に舞い飛ぶ　夥しい孔雀の羽根

母親が燃え上がるさまが見える。
縫合された城隍の火が解き放たれ
迸りゆくのを　暗い樹陰から見つめている。

いつになったら炎は口を噤むのか。
宇宙を残骸に帰せしめ　翼を畳み
無間の静寂のなかで眠りに就くのか。

未生の怨恨という怨恨が
余すところなく燃え尽きる日まで。

3

わたしを見つめよ。
わたしが髪を束ね
金冠と瓔珞を身に着け
柴の束のうえに横たわるとき
婚礼の日のごときわが豪奢を見つめよ。
耳に紅い花飾りを挿した二人の男が
孔雀の尾を手に　柴に火を放ち
たちまち小枝が爆ぜて音を立て
硫黄なす煙が立ち上るとき

わたしから目を逸らすな。

滲み出た松脂の臭いに包まれ
煤に汚れた瞼を見開いてゆくわたし
燃えてゆくわたしを見つめよ。
縮れて風に飛ぶわたしの黒髪を
溶け崩れてゆく小さな爪を
最後まで閉じられた　両腿の間の繁みを
それらがことごとく灰となるまで見つめよ。

わたしを眺める千の精霊。
紅蓮なす火焔樹《ハーンノクユン》の陰に身を寄せ合い
鼠の顎と口髭を休みなく動かし
輝けるわたしの顔を覗き込む。
わたしを嗤う千の神々。

白い牙を剝き出し　臍まで舌を垂らし
両の翼のように手を拡げ揺らし
闇に乱れ飛ぶ　羽毛なす燃殻を讃える。

五月蝿《さばえ》なす精霊よ
炎に無償の献花を投げ入れよ。
爪長き指で丁香肉桂八角を抓みて
わが骸《むくろ》に惜しげなく焼《く》べよ。
勝ち誇って宴に集う神々よ
わたしが両眼を見開いたまま
一介の黒い塊と化すまで
わが黒煙なす受苦を祝福せよ。
片時も休まず加護を祈願せよ。
赫い鬣を四方に揺らし
わたしが燃え盛る灰であり

天空に放たれる瞬時の火箭として
生の頂きにあることを認めよ。

炎は真紅の舌をもてわが肉《ししむら》を舐め
目に見えぬ翼もて煙を煽り立てる。
燃え盛るわたしとは世界の中心。
遠巻きにわたしを見つめ　恐れ慄く者たちを前に
誇らしげに死と眼差しを交わし　手を取り合う。
死よ　燃え盛る舞台に立つ偉大なる女優
天蓋はすでに無間の叫喚と化した。
わたしは時間の外側　はるか上空に飛び出ると
嬉々として青い炎に身を委ねる。

4

わたしを見つめよ。
わたしから目を逸らすな。
石塔の頂に立って　わたしを黒煙のもとに
灰燼の相において記憶せよ。
時間は溶け崩れ
黒く卑小な塊となって消失する。
わたしを記憶せよ。
大天使のように両の翼を拡げ
群青の空へと消えゆくわが姿を眼に留めよ。

わたしを見つめよ。
わたしの燃殻を水に委ねよ。
水を渡ることなく　岸辺に佇み

焼け焦げた砂の数を数えよ。
なべて劇は砂を懐きて終わる。
燃殻と化して終わった世界を想え。
音もなく寄り来たれる水を
朱と碧の瓔珞を呑み込み
深みにあって眠り続ける泥を想え。

わがチューリップ讃歌

1

星澄める天蓋の下
朱と白の鬱金香《ツリパ》が大輪を開き
気紛れの太守に傅くわが頭巾《ターバン》を飾る。
光さざめく運河のほとり
口性《くちさが》ない商人どもの手管《かけひき》を聴き流し

小屋掛けの喧騒から救出され
粛然たる夜に預けられるとき
花は瞬時にして凍炎となる。

突き出された雄蕊
溶けかけた硫黄の萼
憂鬱の重みに傾ぐ　紫の花弁。

龍と妓女の争う文壺に活けられ
暗黒に身を委ね　凝固してゆく豪奢
深く熱を帯び　静かに凋落へと向かう。

2

誰が運びこんだのか。
この弾け飛ぶ亀裂を
卓に載せ　仰向けに並べたのは
いかなる痴者《しれもの》の悪戯《いたずら》か。

砕かれた顎
抜きとられたばかりの歯
花弁の散乱は顕界の契約の徴《しるし》
もといその紅蓮なす破綻

粒ごとに張りつめたルビイが
稚《おさ》なげな指を染め上げる。
犯してすらなかった期待。

もうすぐ羽虫が到来する。

亀裂の甘美を目敏く嗅ぎつけ
静かな虐殺が始まる。

3

最初に憶えたのはスミイカの匂い
それからオレンジ
パパがくれたコルクの匂い。
わたしは大広間で本ばかり読んでいた

サルトルとかサガンとか。
ステンドグラスを通して西日が差し込み
壁に掛けられた歴代提督の肖像画
クリミア海戦の絵を紅く染めた。

夏になると一家で山の家へ行った。
出発の日が近づくと　どこからともなく
何人もの男衆《おとこし》が到来した。
揃って足が黒く　石油の匂いがした。

大きな叩《はた》きで絨毯を打ち
薬草に浸した布巾で汚れを拭い去る。
部屋という部屋の絨毯が運び出され
露台《バルコン》で強烈な陽光に晒された。

爆撃が始まると山中の別荘に避難した。
いつものように　途中の村で一服した。
山間に紅い花が咲き誇っている。

花弁を尖らせた　野生のチューリップだった。
氷室の氷を削って食べる氷菓子《ソルベ》は
夏の期待そのものの味がした。

4

運河のほとり
退きあげる潮が残してゆく
記憶の死骸　藻屑　花瓶の破片。
あまたの塔は崩れ
聖女の彫像は皹が走り
折れた円柱の瓦礫の傍に倒れる。

残余は荒地　背丈を超えて茂る棘草が
石畳の先の道を阻む。

虚しくも実に傾ぐ柘榴の枝
種のように散らばっていく鳥たち
空から舞い降りる赤い羽毛。

龍はいたずらに妓女を探し
明の文壺の欠片は水辺で摩滅して
あまたの小石と区別がつかない。

その姿はもう誰にも見えないというのに
鬱金香の大輪の幻が宙を蔽う。
微かに漂う硫黄の気配が
往古の花弁の黄を辿る。

美しい夏

1950年8月27日正午のことだった。
チェザーレ・パヴェーゼは駅前の誰もいない広場を横切り
丘の葡萄棚に伸びる蔓をしばらく眺め
ホテル・ローマの部屋に戻り
4人の女たちに次々と夕食の誘いの電話をかけ
誰からも断られると　そのまま毒を呷った。
古代の神々との信義はどこへいったのか。

流刑地で熾火を凝視した眼は
窓の外に走る土埃を眺めていただけだった。
パヴェーゼは汚れた寝台に横たわり
少し汗ばみ　咳こんで
染みだらけの天井を見つめながら
何もいわず　静かに目を瞑った。

僕は憎む
その4人の女たちを。
みんな揃って地獄に堕ちてしまえ。
アメーリアは苦い硫黄の湯で煮られ
金髪のピアは串刺しに
アドレアーナは車裂きに
クレーリアは三頭蛇犬《ケルベロス》に嚙み千切られてしまえ。

パヴェーゼが遺したもの。
最後に投げやりの視線を向けたもの。
履き潰した靴　剝き出しのリラ札（くしゃくしゃの）
砂利を満載したトラックの汚れた窓
平坦な道の思い出。
僕は憎む
受話器の向こうの
軽やかに拒絶を語る声。

ひどく暑い夏のことだった。
もう何も憶えてはいない
どこまで線路を歩いても
鉄錆の匂いが先走る

惨たらしい日々のことだった。
パン屋はどこも閉まっていた。
河岸には雑草が伸び放題で
蜥蜴が枕木のうえで遊んでいた。
どんな悔恨も到達できないほどに
巧みに　すばしっこく。

予感

あらゆる職業は屈辱である。
ロシア・バレーの評論家も
元新聞記者のＡＶ嬢も
化粧品雑誌の編集者も　料亭の女将も
それが職業であるかぎり
あらゆる職業は人を卑しめ　傲慢にする。

あらゆる職業は屈辱である。
漁師も　徴税請負人も
律法学者も　隠者も　教誨師も
石塔の上で説教をする預言者も
それが職業であるかぎり
あらゆる職業は人を辱め　怯懦にする。

そう、たとえきみが晨《あした》にイノシシを追い
昼にはマス釣りをしようとも
夕暮れどきに経済学の書物を繙こうとも
屈辱はどこまでもきみを追い駆ける。
どんなに高尚な理想も最後には見放され
洗濯ものも乾かない壁　寝台のわきで
蠟燭の芯のように途切れてしまう。

万国の労働者よ
砦の上に団結の旗を掲げるのだ！

告解

我不下地獄　誰下地獄

周恩来

1

わたしはきみの妹を犯し
家に火を放って逐電した。
わたしが地獄に堕ちなくて
誰が堕ちるというのか。

わたしは碑文を穿ち
祭壇の供物を盗むと小便をかけた。
わたしが地獄に堕ちなくて
誰が堕ちるというのか。

わたしはきみの詩行を盗み
華やかに書き直して桂冠を受けた。
わたしが地獄に堕ちなくて
誰が堕ちるというのか。

なべて処刑は早朝に行われる。
わたしは罵られ　礫を投げられ
嗤われながら斬首されるだろう。
首を包む麻布を持ってきてほしい。

ほら　ロングブーツを履いた天使が
長い鞭を振りかざしてやって来た。
わたしが天使に救われなくて
誰が救われるというのか。

2

その年
窓を開けて　黄蜂を追い出した。
誰かが凧を上げていて　糸が切れ飛んでいった。
宵寝をしていると
どこかの庭で童子たちが爆竹をあげたのか
微かな硫黄の臭いで目が覚めた。
野火が燃えていて

わたしはいつまでも眺めていた。
それから四方に花を飾り　勧請の礼を執った。
わたしはやはり地獄に堕ちるだろう。

わたしは瀝青《チャン》の泡立つ沼に落とされ
耳を穿つ叫喚に脅えながら
皮膚の爛れと咽喉の乾きに耐えて
永劫の時をすごすことだろう。
いつかどこかで見た静謐な水の流れは
きっと思い出せないだろう。

3

わたしが地獄に堕ちるとき

硫黄の白煙が立ち込める荒野に
誰がわたしを導いてくれるのか。

いかなる音声《おんじょう》が鳴り響くのか。
何十四もの魔物たちが幟を立て
瓢《ひさご》や南瓜を刳り貫いた鼓を打ち鳴らし

わたしを繻子の縫い取りの豪奢な籠に乗せ
紅蓮大紅蓮の断崖を　禍々しい口上とともに
嬉々として練り歩いてくれるのか。

汚れた歳月の末にわたしは目のあたりにする
父と母が牛馬畜生に姿を変え
鞭打たれ　切り刻まれ　臼で骨を挽かれるさまを。

わたしが地獄に堕ちなくて　誰が堕ちるというのか。
わたしが地獄に向かうことが
世界最後の音楽　最後の名前の実現なのだ。

難路

ハッブル望遠鏡は全宇宙を水族館に変えちまった。
惑星は熱帯魚　星雲はビニールの水母《くらげ》。
わが生涯の躓き、無限なる空間の
永遠の沈黙はどこに消えたのか。

書物はもういいんだ。
長いこと解けずにいたことを
今さら思い出させてくれるばかり。

消えゆこうとするものを　なぜ追い駆けるのか。

退屈な再会ももうこりごり。
雑踏のなかで呼び留められることも
溶けだしたアイスクリームのような化粧の
若い娘から詩集を贈られることも。

とどのつまりは　順序が面倒なだけ。
俺は鮎川信夫みたいな悪人じゃないから
告白なんぞしない。車の買い替えなど縁がないし
食い飽きた桃の缶詰は　死神女に投げ返してやる。

棘《いばら》のかげに　ひもじさ　寒さ。
心を慰めるのは単純な悦びにかぎる。
馬の首筋を見るとか

焼きたてのパンの匂いを嗅ぐとか。

ああ、もしも望みがかなって
炎の一番底で　眠りに就くことができればなあ。
棘のかげに　ひもじさ　寒さ。
汚れたガラス窓の外は氷雨ばかり。

ヨハネ

ほら　見てみな
あの庭のすみ
ヤブコウジの茂みのあたりで
何やら蠢いている
赤い眼をして
尖った歯を軋ませるさまは
鼠に似ているが
眼があうと静かになり

卑しげな顔立ちで
こちらを窺っている
あいつら

兄さん
本当のことをいってくれませんか
あなたが悪魔だというのは
信じていいことなのですか

いいから　見るんだ
いつもは茂みに隠れている
ときおりイチジクの枝に乗り移り
たまに人が食べ滓を捨てると
我先に貪り喰う
踏み潰すのはたやすいが

下手すると緑の体液が撥ねて
服と靴にべっとり付いてしまう
嫌な臭いがいくら水で拭ってもとれない
だからよく見ておくんだ
あの族《うから》を

兄さん
生れたときから僕とそっくりの兄さん
いつも先頭に立って街を練り歩き
燭台を大きく振り回したり
断崖を落ちていく豚を嗤っていた兄さん
あなたが悪魔だというのは
本当なのですか

いいから黙って聞け

この数年　月の廻りが変わって
晨星《あけのほし》が出なくなり
東雲《しののめ》の眼《ま》蓋《ぶた》も見えなくなった
人はどっちみち御《み》徴《しるし》しか信じない
後は広場でどんちゃか　リゴドン踊りだ
マリア様のお墓の裏から香草を生やしたり
四十年眠り続けた少女を目覚めさせたり
奇跡を起こせるのは悪魔だけ
人が三人いれば
四人目にいるのがこの俺よ

兄さん
お願いですから
本当のことをいってください

それよりも　いいか
よく見ろ
ヤブコウジの茂みのなかで
尖った歯を軋ませ
何か腐ったものを漁っているように見せて
その実　葉陰からこちらを窺っているやつ
あの卑し気な顔立ちを憶えておくんだ
あの血走った眼をよおく見ておくんだ

ルカ

お母さん
どうして石を投げてくれないのですか
あなたが遅《ため》らっているので
あの人たちは何もできないのです
お母さん
あなたが僕に石を投げてくれたら
あの人たちも安心して

石を投げることができるでしょうに
遠くから僕たちの方を窺い
何やらひそひそ話をしている人たちも
後悔も希望もなく
ただ罪なき命数の尽きるのを待っているだけの人たちも

お母さん
棕櫚の樹の向こうに
新しい星が瞬いていますよ
まるで何かの到来を告げるかのように
鳥たちがいっせいに騒ぎだしました
もし僕のいるところが暗くて見えないのでしたら
鳥の鳴く方へ石を投げてください
僕は蹲って　棕櫚の折れた枝を使い

地面に絵を描いていますから

あなたを除いて
誰が石を投げることができるのでしょう
僕を打ち据え
額から血を流させることができるのは
お母さん　あなただけなのです
子供のときからずっと黙っていましたが
僕は　（お母さん　ごめんなさい）
ちゃんと知っているのです
あなたは僕のせいで　石を投げられた

お母さん

あの人たちは　けっしてあなたを
面と向って見つめようとはしないでしょう
あなたに先立って　石を投げたりしないでしょう
僕はとうに気付いていました
あの人たちは卑小な奇跡を待っているだけなのです

お母さん
棕櫚の枝という枝で
鳥たちが騒いでいます
こちらからは　すべてが暗くなり
あなたの姿がよく見えなくなりました
僕はこれから　もっと暗いところに行くのです
どうして石を投げてくれないのですか
僕たちをこわごわ眺めている　あの人たちを笑うことができるのは

お母さん　あなただけなのです
あなたを押し留めているものは　いったい何なのですか

仙女

朽ちかけた三階建ての木造校舎。運動靴の蒸れる匂い。アルミ碗のなかの薄膜の張った脱脂粉乳。教室の後ろ側に並べられたアメリカの偉人伝（占領軍の文化政策の名残）、ヘレン・ケラー、リンカーン、ゲーリック、エジソン……七歳のわたしはそこで一冊のフランス伝説集に出逢った。

あるとき緑の仙女様が家に泊ることになり
お礼の代わりに　緑の目薬を置いていった。
子供が悪戯心を起こして　それを眼に差すと
もうとうに死んでしまった人たちが
いつもながらに畑を耕し　水車を廻し
粉を碾いているのが見えた。
人々は緑の服を着て　緑の眼をしていた。

何という書物だったのか。
メリュジーヌではない。
ブルターニュやノルマンディーの昔話でも
ノディエ、ペロー、ジョルジュ・サンド
どれでもない　もう何十年も探しているのに
手がかりひとつ見つからない。

いや、待てよ、
一度だけわかりかけたことがあった。
わたしに伝説の来歴を語ってくれたのは
難民キャンプで逢った中学校の女の先生だった。
家に招かれ　蜂蜜とシナモンのお菓子を出されたのに
わたしは馬の鬣を撫でることで頭がいっぱいで
チェリーブランデーを飲み過ぎ

何もかも忘れてしまった。
ひょっとして彼女こそ身を窶した本当の仙女様で
わたしに方術を教えようと現れてくれたのだったら。

わたしには見えない。
わたしには見えないだけだ。
緑の眼をした人たちは何をしているのか。
歓んでいるのか。悔いているのか。
宿命を無感動に受け入れているだけなのか。

仙女様とはそれっきりだった。
わたしは無戒の国に戻り
無戒の火に焼いた食べ物を　無戒のままに食べている。
わたしの言葉は緑の人々に届きはしまい。
わたしのすぐ身近なところで　畑を耕し

驢馬を用いて粉を碾いているというのに。

緑の目薬はどこに行ったら手に入るのか。
わたしも命数が尽きて旅仕度を終えれば
緑の人々の群に入ることができるのか。
死の時刻が近づいてくれば　あの人たちが見えるようになるのか。
何もわからない。死ぬことがわからないように。
だから毎晩眠りに就くときに　緑の仙女の到来を願うしかない。
(でもね　実をいうと彼女が誰なのか　大体は目星はついている
　のだけど
詩なんてどんな読者が読むか　わからないからな。
知ってても黙っていることにしておくんだ)。

アリス・スイート　Alice Suite

1

墜ちてゆくきみは
虚空に静止している。
墜ちてゆく姿は呑みこまれ
わたしのところまでは届かない。

穴の縁《ふち》をそっと覗きこんでみると

食器棚や本棚がぼんやり見えるけれど
穴の奥は暗くて　深くて
何もかも吸いこんでしまう。

きみの輝かしい身体。
金髪が腕に絡まり　黄金の腕輪となる。

いつまで墜ち続けるのだろう
きみはふと考える。
いなくなったわたしを　猫は忘れてしまう
死ぬとはこんなことだったっけ。

きみが無限に墜ちていくというのに
わたしの両眼に残るきみが　そのかみ
川辺で歌っていたときのままだとは

なんという運命の悪戯《いたずら》。

きみにとって
いや　わたしにとって
すでにとうの昔から
地上は思い出でしかないというのに。

2

わたしを食べて
わたしを食べ尽くして
乳棒と乳鉢でわたしを磨り潰し
竈の火に焼《く》べておくれよ

わたしの軀《からだ》がばらばらになりますように
忌々しい手や足が捥ぎとられ
冷たい蛇のようになれますように

パンのように裂かれ　鳥たちに啄まれますように

わたしを食べて
わたしを食べ尽くして
干乾びた骨が荒野に散らばりますように
葺の原に迷う少女の道標《みちしるべ》となりますように

3

俺さまのことはダムといいな。

俺さまのことはディーといいな。
失礼ですが、ダムさんですか。
馬鹿いっちゃいけない。俺はディーだ。
すみません、ディーさんですか。
馬鹿いっちゃいけない。俺はシャムだ。
シャムさん、ディーさん。
お前はほんとに馬鹿じゃないか。
俺さまはシェムで、こいつがシャムだ。
すみません、シャムさん、こちらは
馬鹿いっちゃいけない、俺がシャムで
こいつがダムだっていったじゃねえか。
じゃあディーさん、えーと、シェムさんは。
こいつは恐ろしく頭の悪い女の子だな。
俺がダムで、こいつがチーヤ。
俺がシャムで、こいつがパーヤ。

はじめまして、ダムさん。
いいかい、俺さまはダムじゃない。
シェムでもなくて、パーヤと呼びな。
はい、わかりました、パーヤさま。
馬鹿だな、おまえがパーヤじゃないか。
俺さまはチーヤで、こいつはシェム。
俺さまがシャムで、こいつがディー。
じゃあ教えてよ、わたしは誰？
お前はほんとに馬鹿じゃないか。
こいつは恐ろしく頭が悪い女の子だな。
お前の名前はないんだよ。
お前が森で遊んでいたとき
小鹿が咥えてもっていったとさ。

4

アナ・メンディエータに

一握りの骨灰を手に
きみは荒野に横たわる
一面のカスミソウが身を覆い
きみの顔はもはや定かではない

石灰岩の肌に刻まれた
きみの似姿
足を折り畳み
貝殻の襞のような
岩の割れ目に
そっと手を差し入れ

きみは貪られ
顔も　皮膚も　爪も　髪の毛も食べ尽くされ
割れ目そのものと化して
カスミソウの精霊の間を
あてどなく漂っている

食べ尽くされた歳月が
星の導きとなりますようにと

5

一番目の少女は意地悪されて
学校いやよと　ダダこねた。

みんなが気遣い　噂する
皇后陛下にだって　なれるのに。

二番目の少女は煮転がし
海の彼方へ連れ去られた。
生死のほどはわからない
みんながいった　お気の毒。

三番目の少女は逆立ち得意。
仲良し少女の首を切り
血まみれシーツに横たわる。
どこで　どうしているのやら。

――ねえ、さて、アリス
きみはどう？

――お勉強《レッスン》など糞くらえ
だってわが身が擦り減る《レッスン》だけよ。

燈台

美しい瘤　心躍る肉叢《ししむら》よ
死がすべてを沈黙の灰へと引き戻す前に
僕は　黄ばんだ写生帖の数頁を捲り
御身らの栄光の来歴を素描してみせよう。

クワジモド　鐘楼に潜む蟾蜍《ひきがえる》の将。
乞食どもが饗宴を開く雷雨の夜半
聖人像の隙間に広場の陶酔が覗く。

リゴレット　策謀渦巻く柱廊の陰
嘲弄の騒擾《ざわめき》に　無垢は羽毛となって消え
悲嘆は抽匣《ひきだし》に封印される。

グロスター公　才満てるリチャード親王
悪魔の霊液に樽詰めされた美辞麗句。
老女の女陰に突き立てられた　魚臭き刃。

揺らめく燭火の傍らに伏せ
泪する友も　墳墓《おくつき》を訪れる縁者もなく
朽ち果てていく高貴の族《うから》よ。

そして御身アントニオ・グラムシ　真に偉大な革命家。
獄舎の窓に北斗を仰ぎ　歯という歯を失い生き延びた。

あなたを崇める僕には　あなたの靴紐を結ぶほどの価値もない。

僕は熱情もて御身らの後ろ姿を讃えよう。
人類の宿命を照らし出す　偉大なる燈台たち
惜しげなく費やされた肉の豪奢　甘美の生の者たちよ。

願わくば　御身らの不朽の栄光が僕にとり憑き
魂の安らぎを請け合ってくださることを
涙も生の輝きも消え失せたこの無戒の辺土で。

ソウル　1979年

1

夏はいつも地獄だった
雨が降ると　機関銃のような音がした
機関銃だって？
そう、白馬《ペンマ》や猛虎《メンホ》が海の向こうで暴れていた頃の

気が付くと外で口笛を吹いていた
この町には二度と戻るまいと　気取ったりして

でも　すべて消え失せた
トタン屋根の樋に溜まる　赤銹の記憶

信じられるものは暑さ
雑草に澱む大気

いっそのこと　アメリカに渡って
八百屋の店先で豆でも剥いていればよかったんだ

これで俺の物語はお終いだ
日暮まで暗渠の市場をほっつき歩き

心などいらない　誰かにくれてやる
俺は毎日　そればかり考えていたんだ

2

さまざまな薬売りがいた。
男女交合図を講釈しながら
強精剤を商う者。
蛇を操る者。
犬を仕込む者。
猿に芸当を披露させ
人が集まると薬の能書きを垂れる者。
荷車いっぱいに薬草を積み上げ
器械で絞って煎じ薬を拵えると

休暇中の軍人たちに売りつける者。
田舎町の広場では金髪の矮人《こびと》が
トランペットを吹き鳴らし　客寄せをしていた。
薬売りたちはひとしきり商いを終えると
おそるべき速さで器材を畳み
次の街角へ　次の町へと移って行った。
世宗大王の紙幣と交換にわたしが得た希望は
奇跡を行なうこともなく　手にすると
ただちに萎えきっていくような気がした。

3

薬缶につけられた窪み。
放り出され

思いきり蹴飛ばされた
時間の片隅、夜。

老人は薬缶に酒を注ぎ
直火で温めて呑んだ。
若者はステンレスの椀を
思いきり箸で叩き　歌った。

襟の汚れた迷彩服姿で
ときおり咳こみながら
声を嗄《か》らして歌った。

鼻から水を注ぎこまれ
思いきり蹴飛ばされた夜
片隅に置き去りにされた時間を

いつか取り戻そうと。

4

野遊びのあと
草いきれのなかで
バケツから柄杓《パガジ》で掬って呑んだら
枯草が混じっていた。

口に含んだ洪魚《ガンギエイ》の臭いに
噎せ返り　眩暈を起こしかけたので
慌てて咽喉に流し込み
心の落ち着きを取り戻した。

米から作るのだ。
いや　小麦とトウモロコシだ。
独裁者の方針が変わるたびに
きみは意に沿わぬ変身を強いられ
誰からも見向きもされなくなった後に
懐かしさのドレスを着せられ蘇った。

薄く濁った
慈しみの酒よ。
きみがこれからも
多くの悲憤と後悔を乗り越え
われわれに慰めを許してくれますように。
われわれに勇気と寛容を与えてくれますように。

西15丁目215番地、チェルシー

そうだ、ここだった。
昏い霧に包まれた　古びた煉瓦壁
壊れた空調　埃に汚れた窓ガラスの奥の微光
夜ごとに聴こえる救急車のサイレン
わたしはここに生きていたのだ。

大通りに出ると　洗濯屋があって
若いイエメン人がいつもお喋りをしていた。

スーパーのレジ打ちは太った黒人女性で
少女感化院からの斡旋だと語った。
マコンドというスペイン語書店の隣に
ハイチ風チャイニーズの店があって
黄色に濁った油が壁にこびりついていた。
　　　喧騒はそこまでだった。
日の射さないアパートはひどく静かで
黴臭い台所には　前の住人が置き忘れた
擦り傷だらけのプラスティック皿が何枚か
わたしは部屋の広さを持て余した。

ときおりダンサーのミキちゃんが
パーティの残り物を差し入れてくれたっけ。

不思議だった

どうしていつも
救世軍の近くに住んでしまうのだろう。

＊

そう、確かにここだった。
裏側のベランダに廻ると
切り取られた三角の青空が覗けた。
錆だらけのバーベキューセット
煤けたガラス扉に封印された歳月の無名
あちらこちらに穴の空いた廊下
いや、もっと正確にいうと
心の孤独に感《かま》けて仕舞い込んだ
わが希望の大きさ。
わたしは建物を忘れ　建物はわたしを忘れた。

前世が存在しているとは
なんと滑稽なことだろう。
まるでわたし独りが幽霊で
生者の街へ降り立ったかのようだ。
夜ごとに聴こえる救急車のサイレン。
鼠たちが水音をたてる暗渠で
サイレンが歌っていたのは
いったい誰を誘惑していたのか。
いや、わたしのためにではなかった。

燭

指先の粘土
氷雨のなかを
木の柵をいくつも潜り
人気のない市場に到達した。
キリル文字の落書きと
積み上げられた石灰の袋。
目を閉じるにも
勇気がいる。

厚い板の鍵と
一本の蠟燭を渡された。
パプリカのスープ（いつだって）。驢馬。
ほとんど永遠に近い断水と停電。
どの家もどの街角も火が消えていて
心は行く先々で考えていた。
どうすれば帰路に就けるのだろう。

あるとき思い切って河を渡り
向こう岸の町を訪れた。
半旗を掲げているパレスチナ領事館を見て
アラファト議長が亡くなったと知った。
ラマダンの特別のパンを買って帰り
橋を渡り　人気のない市場を横切った。

その夜も停電で　蠟燭を渡された。
手にするのはいつだって孤独。

夢だと気付いたとき
暁の女神が翼を閉ざし
夢は終わりに来ている。
あの陽気で幸福な人たち
自分の見ている夢に耐えきれず
幻の刃に苛まれ　息絶えてしまう人たちは
いったいどんな夢を見ていたのか。

帰りの日は雪になった。
出発直前のバスに若い女が飛び込んできて
大きなケーキを両手で持ち
壊れないように重心をとりながら

三つ目の停留所で降りて行った。
（ケーキは造られたばかり　剝きだしのまま）。
指先に付いたクリーム。
中央には正装した花嫁花婿。
ずらりと並んだ小さな飾り
赤と黄と青の蠟燭！

破瓜

太陽の卵黄が崩れ
真昼の大見世物が幕を閉めると
天蓋はたちどころに陰鬱となり
波が忍び足で近づいてくる。
大気はまだ熱い。

風が消え
砂に零れた血が黒く凝る。

どこか遠いところで
誰かが騒いでいる。
食べ散らかされた西瓜の果肉。
夜ごとに打ち捨てられる
烏賊の鞘に似た注射器。
焼けた木切れ。

わたしが地上に遺していくのは
こんな世界なのか。
わたしが解き放たれるのは
こんな世界からなのか。

浜辺に漂着したビニール袋
発泡スチロールの破片に囲まれ
奇妙な祝福を受けるわが骸。

眼窩は蛸に貪られ
喉骨は鳶が啄み
夥しい舟虫が背骨の節目を駆けめぐる。
わたしが世界を置き去りにしてゆくのか。
世界がわたしを見捨てるのか。

もういいんだ。
待つことなどしなくてもいい。
母なる海の慈しみなど
初めから口先だけの虚妄だと
わかっていたはずだ。
誰かが火を焚いている。
笑い声が聞こえる。
登りくる月の赫《あか》。

地上

わたしを地上に引き留めているものとは何か。
何かの間違いで空から舞い降りてきた孔雀の羽根
樽のなかで重く色を変えていくオリーヴ
ティツィアーノの晩年の油彩
たった今、立ち去ったばかりの女の温もり
どれひとつとして携えていくことができないのに
どうしてわたしは振り返るのか。
地上が思い出にならずにすんだのは

何がわたしを躊躇させていたからか。

わたしは坂の多い町で育ち
何もかも　一刻も早く終わらせたかった。
二度ばかり　人生が少しく複雑になり
崩れるように単純な悦びに向かった。
自転車で急坂を一気に降りるとき
風が頬を襲うのだけが実感だった。

何がわたしを地上に引き留めてきたのか。
信じるに値するものとは何だったのか。
実をいうと　孔雀の羽根の降下などなかった。
石ころだらけの坂道を　足を引き摺って上下していただけだ。
オリーヴは時満ちて落ちるとはかぎらない。
人前ではそう気取ってはみせたが

実は枝の先で黒く爛熟し　重さに耐えかね
地に落ちるや踏み潰されてしまう。

ティツィアーノは最後に何を描いていた？
ピエタだ。ペストで死んだ息子の顔
描いている途中で自分もペストに罹ってしまい
遺体は運河をゴンドラで運ばれた。
あの汚れた水が　わたしだ。
わたしは少しばかり長く生き過ぎた。

でも　もういいだろう。
わたしもまた運河に沈んでいく。
重たげな水と眠りを分かち合うのだ。
もう泥濘のなかで足を掬われながら
鍵を探し回ることなどしなくともいい

今さら孔雀の羽根が舞い降りたって　それがどうだというのだ。
あばよ　坂道
あばよ

頭蓋

わたしが死んで
燃え盛るハイビスカスの間に
頭蓋骨が放り置かれたとしたら
どうか嵌《あな》にラムを注いでほしい。

葡萄がこっそりと蔓を伸ばし
蜜蜂が柘榴のまわりを飛び交う
錆びついた大皿のうえで

わたしは甘美な眠りに就きたいのだ。

なのにどうだろう
地上はかくも強い陽光だというのに
わたしはただひとり　湿った暗所に留め置かれ
眼も足もない蛆たちに囲まれながら

頭蓋のふたつの深い耳嵌を通して
口さがない女たちの
永遠に続くお喋りを聴かされている。
熟れて崩れかけた夢の虜となったまま

乾いた骨が朽ち果て
微塵となって風に舞うまで
わたしはどれだけの歳月を待つのか。

慰めのラムはいつもたらされるのか。

＊

死に赴こうとしているわたしは
愚かだから死ぬのだろうか。
それとも　死ぬから愚かなのか。

降りしきる雪　世界という巨大な鍋の外側で
毛深い野犬たちが卑しい叫びをあげ
唾液に汚れた歯牙を剝きだしに
炎に煮え立つ内壁を覗き込んでいる。

くぐもった朱の壁の絵のなかでは

二匹の悪鬼が目を見開き　朱舌を伸ばして
煮湯の頭蓋骨を舐めまわしている。
もう　わたしのことを考えなくともいい。

もう　わたしの行方を探さなくともいいのだ。
わたしは腹心の友　虎に言い含め
木の塀を乗り越えると
雪を踏みしめ出ていく。

葡萄か　柘榴か　もう迷うことはない。
わたしを憎み謗った者たち
わたしを追放した者たちと同じように
わたしは愚かな死を死んで行くのだから。

＊

廻れ　廻れ　わが頭蓋よ
降りしきる雪がすべてを包みこみ
葡萄や柘榴に見まがう
白い雪玉に変えてしまう。

廻れ　廻れ　わが頭蓋よ
近傍に足跡　虎の
息遣いだけを残して。

廻れ　廻れ　わが頭蓋よ
散乱する枯木の間を
野鼠が走りまわる。

退きあげる潮が残してゆく
鳥の死骸　藻屑　花瓶の破片。

龍はいたずらに妓女を探し
骨片は砂浜で摩滅して
あまたの小石と区別がつかない。

薔薇

わたしはきみを見つめている。
きみは蜂蜜の壺に落ちた蚜虫《アブラムシ》。
快楽から逃れようとして　足を搦われ
詰め物をした鶏のように肛門を封じ込められ
ときおり典雅な憤りを口にしながら
貯め込んだ記憶を腐らせていく。
いつまで経っても底《ボトム》に到達できず
蜜がゆっくり緑の皮膚を蝕んでいく。

納得できない悲しみだと　一瞬嘯いてみるが
そんなもの　六道の果てにも売っていない。
傷もの、見切りもの、バッタもの。
他人の手紙を丸写し、子供のふりして低空飛行。
世界中が薔薇の香りに恍惚としているとき
きみは独り　肥満しきった蚜虫。
棘だらけの枝に死んでいく。

手

斬り落とされた手を見る。
静脈が浮かび上がり
鳥のように爪の曲がった手。
わたしは憎しみから先に生まれてきた。

抱き上げる者とてなかった。
蜜蜂の蜜を捏ねることも
重たげな楽器の指遣いに

我を忘れることもなかった。

わたしは歌も歌わなかった。

二月は氷雨をもたらした。
四月はサクラソウ　五月は薔薇で
六月は百合。子供の手は花でいっぱい。

贈られた花と摘まれた花はどこが違う。
抜栓されてゆくシャンパン。割られるグラス。
顔が消滅して久しいというのに
どうして仮面を外そうとしないのか。
出自の虚無を風に晒すのがそんなに怖いのか。
斬られた手は何も答えない。

生れるや石灰の瓶に封印され
息とわずかの粘液を残し
人知れぬところで息絶えた心など
今さら思い出したくないのだ。

八月は麦の束　ときおり狩猟。
十月は木の実拾い。落葉が舞い　やがて霙。
燃え立つ爐の火にクリスマス。

斬られた手は答えない。
誰も口を開こうとしない。
世界にはもう戒律も終焉もない。
恒星の卵黄なす深奥に
未生の光の胚芽が微睡み
季節は微睡みのうちに宿る。

手は何も語らず。

日没

不死に到達するためには
いくたびも卑小な死を潜ることだ。
新しい鉄筋造りの停車場で　きみは道行く人の
誰にでも話しかけ　抱擁を交わそうとする。
きみの「誰にでも」が
わたしを無限に恐怖させる。

世界が怖れ慄く　定めなき日の午後

きみの最後の映像を見た。

きみは西日差す部屋のすみで
塗料の剝げた椅子に身をもたれ
厚い髭に覆われた唇
窪んだ眼窩には弱い光
肘掛の摩滅を撫でながら
突然　右手を掲げると
虚空に何かを書き付ける。
わたしの眼のまえで　きみは元に戻り
永久人形のように　同じ動作を繰り返す。
そのたびごとに現前する死。

陽が沈み
夜の冷気が忍び寄る。

カーテンを閉めに来た妹が　肩に毛布を掛ける。
きみは硬直を崩さない。
無人の雪野に身を横たえるロシア兵士が
もはや何も受け取らず　何も受け付けず
虫のように身を丸め　洞窟の奥で冬眠に耽り
世界のあらゆる反応を拒もうとするように。

馬はどこへ行ったのか。
きみは惨たらしい快楽を憎み
高所に立って没落を望んだ。
王宮広場の石畳で　鞭打たれた馬の首を抱き
傷ついた頬を撫でた。いくたびも。いくたびも
鬣に触れたのは　肘掛のこの手だったか。
道行く人の誰もがきみを見つめている。

あの人々はどこへ行ったのか。
世界の片隅の薄暗がりに向かい
年老い　独りきりになり　寒さに脅え
沈黙に呑み込まれていった
もとい、あの人々はどこから来たのか。

ドゥーゼ、偉大なる名
舞台の上で死そのものと化した大女優。
死と手を取りあってワルツを踊るなど
もとよりきみの眼中にはなかった。
星澄める夜　アルプスの雪山の場面に呼び出されたのは
驢馬と法皇　魔法使い　他に学生エキストラ。
眩い照明の下　満場の喝采を浴びながら
聖史劇を上演し　戯れを超えた者になること。

不死の代償は何と高くつくことか。
宇宙に燃殻となって漂ったり
残滓として留まり続けることの懲罰に比べれば
定めなき地上の苦痛など　取るに足らない挿話だ。
クリックされるたびに繰り返される生の卑俗
恩寵が降りて来るのはいつだろう。

ピアノは忘れてしまった。
見開かれた眼に映る日没。
力なき指に襲いかかる跳躍の記憶。
きみは椅子に身を委ね
窓の外を眺めながら　何も語らない。
ただ一日中　肘掛を撫でながら、
摩滅の徒として　十九世紀最後の日を生きる。
猿そっくりの小動物が嬉々として跋扈し、

大地を皮膚病に染め上げていく未来を
穏やかな眼のもとに思い描きながら。

ジャン・ヴィゴを憶い出す詩

僕はきみを憶い出す。
あと一日で永遠に到達できたはずのジャン
死のおかげで　死から無限に遠のいてしまったジャン
水に飛び込んで目を見開けば
きみの姿がうっすらと現れるというのは
本当に信じていい？

1934年10月5日

きみの寝台にあったもの。
螺子釘。セリーヌの小説（読みさし）。
逸れた釦。チェスの駒。
アフリカのお面。金の鎖。バタビアの人形。
孔雀の羽根。指揮者の廻るオルゴール。
欠けた皿。アルコールに瓶詰された希望。
ランプ、寄宿学校の煙に燻された……
きみの寝台には悪夢以外のすべてがあった。

途切れた記憶のなかで
甲板に打ち捨てられ
汚れた水にいくたびも晒され
太陽に鞣されて、縮み、歪み
うっすらと白い粉を吹き出したもの。

僕はきみを憶い出す。
艀からセーヌ河に飛び込み
朽ちた杭と杭を弄《まさぐ》りながら進むとき
濁った水の遮断幕《スクリーン》に
遠くから浮かび上がってくる
きみの姿。

＊

ほら、
ガルガメルが出てきたぞ。
グラングウジェもガルガンチュアも
歯茎を見せて笑ってる。
山車は廻るよ　いつまでも
厚い唇　股間の膨らみ

巨大な乳房を揺らせながら
向日葵の一個連隊を従えて
ニースの岸辺を練り歩く。
山車は廻るよ　いつまでも
王妃の髪は羊歯の髪
肩には化鳥　腰には小猿
降りしきるのはミモザかガーベラ。
ああ、永遠の王と王妃
スカートの奥にまで潜り込む陽光よ！
山車は廻るよ　いつまでも
修道士どもは残らず阿呆で
先の尖がった鮫皮靴
居並ぶ鰐が手に振る旗は
赤黄青のアンドラ国旗。
あるいは斜めに断ち切れた

アナーキスムの赤と黒。
山車は廻るよ　いつまでも
日の入相のその頃に
暗い影なす断崖より
王と王妃は突き落とされ
火矢で射られて屠られる。

＊

石の数は
いつだって足りない。
羽布団が破れ飛ぶ寄宿舎。
教師ども　猿のお面。

豆とカリフラワーのスープ。
調律のできない悲しみ。

こわくはない
ただ石の数が足りないだけだ。

ヴィゴ、ミゲル・アルメレイダ
サン・ドニの写真屋、新聞王、国家大逆の黒幕。
糞を踏み潰し　蛙のように腹を膨らませ
謗られ　裏切られ　首吊るされた。

青空の傷。
稚なけれ
刔《えぐ》り取られし父君の名。

＊

銅鈸《シンバル》という銅鈸がうち叩かれ
いよいよ皆殺しの天使がやって来る。
黒い翼を羽搏かせ
絡まる蛸の鞭を右手で振り上げ
真紅の布を腰に靡かせ
世界の王の前に立ち現れるや
地に屈み　命乞いをする者たちを
容赦もなく打ち据える。
黒皮のブーツ　乱れる黒髪
大蜘蛛に似たその身の屈曲。
皆殺しの天使がやって来る。
産毛も揃わぬ幼子たちの喉元を
一人残らず搔き切ってゆく。

＊

僕が舌先の突起に向かい
力まかせに叩きつける
言語の乱れた鍵盤。

夢のなかで刻が漏れ続け
砂が黄金の粒に戻るころ
これまで形をなしていなかったものが
運命の形をとって現れる。
疲弊した眼に
輪郭がぼんやりと浮かび上がるとき
もうそれを生きる時間はない。
悲しみに正面から向かい合うだけの力が

見つけ出せなくなってしまう。
ジャン・ヴィゴ、
復活がないとは何という歓び。

＊

復活がないとは何という歓び。
わたしは新しい人生を始めるのだ。
記念碑もなく
証言する者もなく
それなのに忘れがたいものを
岸辺に打ち寄せられた木切れや貝殻を拾うように
一つひとつ拾い集め　祭りの行列の
巨人たちの張子に飾りつけるため
生涯の情熱を捧げるのだ。

わたしは新しい人生を始めるのだ。
テニスの選手。地下鉄の不思議。逆上した臆病者。
キャフェにて。手相。ずる賢い道化。
密輸。正直者。夜の果てへの旅。ルルドの巌。
きみが撮ろうとしたこと
撮ろうとしてできなかったことを考えながら。

*

エメラルドの銀紙も
黄金の星の冠も
波の舌に剝ぎ落され
台座は罅割れ
人形は焼かれ　打ち捨てられる。
ただ竹細工の骨格だけが

巻貝に集《たか》られ
カモメたちの遊び場となる。
夕陽が照り返るころ
砂浜には愚者の影だけが
長く伸びる。

ほら、
ガルガメルが出てきたぞ。
グラングウジェもガルガンチュアも
歯茎を見せて笑ってる。

指先に付いた微かな粘土の匂い。
歯は朽ちて芽吹かず
刻まれた文字は乾き裂ける。
不滅とは何という劫罰。

無限の暗黒のなかに
寄る辺なく漂い続けるなんて。
ジャン・ヴィゴのことを憶い出そう。
復活がないとは慰め
つきせぬ歓びの歓び。

燕

僕がファンといったとき
ジョアンですといい直した
優しいポルトガルの燕。
きみは今　どこにいる？

西洋という名の断崖の
一番端っこに立ちながら
落っこちないかと下を覗いてる？

だったら心配ご無用。

美しい没落は
どこにでもあるのだから。
まだ歌うことも知らず
六歳で亡くなった王女にだって。

きみの知らない地面の下で
水が迸ろうと待っている。
腐葉土の熱に耳を当てれば
それがわかる。

でも忘れてはいけない。
たとえば
――たとえばって？

僕の燕、危なげな燕
乾いた爪先の泥をごらん。
樹木はあまりに近くで眺めてしまうと
魔法が効かなくなってしまうんだ。

オルフェ

どうして今まで気が付かなかったのだろう。
こんな風に書けばよかったんだ。
港町を描いた絵を見ながら
ベルゴットは何かをいいかけて倒れ
それきりだった。

これからは何でも弾ける。
始めからこんな感じで弾けばよかったのだ。

キクチは「オルフェ」を弾き終わると
深い溜息をついた。　鍵盤に指を置いたのは
それが最後だった。

いつも遅すぎる。
いつも遅れている。
とても単純なことなのに
気が付いたら　もう時間がない。

お花なんかいらないよ。
勲章も顕彰もまっぴらだ。
ジョン・ケージじゃないけど
豆腐さえ食べてりゃ　生きていける。
オルフェの町は（僕の記憶では）陽光が躍り
アラビア語の落書きだらけ

魚の匂いと階段ばかりの港だった。

なぜ詩を書くかって？
お金がなくとも　背筋正しくいられるからさ。

帰路

ローズマリーノの葉の尖り。
まだ生れぬ太陽の胚芽。

昼は昼よりも短く
夜は夜よりも短い。
われわれはいつも帰り途《みち》にいる。
道がいく通りもあるとは　何という悦び。

後記

「離火」の語は『易経』に依る。離とは麗、明るさである。三十三篇をもって一本と成すことにした。

かつて梁秉鈞と往復書簡の形で書物を執筆していたとき、詩作の構想に話題が及んだ。

いつか『詩経』の書き直しを試みてみたいものだと、香港の詩人は語った。それなら自分は『楚辞』だと、わたしの蛮勇が応じた。梁秉鈞は数年を待たずして逝去し、『詩経』に依拠した短詩が何篇か遺された。わたしの中の『楚辞』は非力にしてならず、ここに「懐沙」一篇を見るばかりである。白玉楼中の畏友は何を思うか。

「アリス・スイート」は『ユリイカ』臨時増刊号「総特集・一五〇年目の『不思議の国のアリス』」（二〇一五年三月）に、「造化」「予感」「美しい夏」「西15丁目215番地、チェルシー」「マテーラ」は同誌（二〇二〇年一月号）に発表された。「破瓜」「窓」「頭蓋」は『地上十センチ』二三号（二〇一九年）に、「時節」は「COCOA共和国」（二〇二〇年九月号）に、「ソウル 1979年」は『中くらいの友だち』九号（二〇二一年）に、「ジャン・ヴィゴを憶い出す詩」は『港のひと』一一号（二〇二二年）にそれぞれ発表された。掲載の機会を与えてくださった諸氏に感謝したい。

「クワガタ」は著者が幼少期を過ごした北摂箕面の、箕面川沿いにある昆虫館の記憶に基づく。「マテーラ」はイタリア南部バジリカータ州にある小さな町。つい昨今まで洞窟住居が多数存在していた。聖エウスタキオを守護聖人とし、毎年八月に祭礼。パゾリーニはこの地で『奇跡の丘』を撮影した。「懐沙」「海の花嫁」はベイルートの海辺に面したカフェ。ジョスリーン・サアブがここで遺作を撮影した。「告解」第二歌は金聖嘆『西廂記』評釈による。「難路」一七、二三行目は北原白秋訳『マザア・グウスの歌』より引用。「白馬」「猛虎」はヴェトナム戦争時に韓国から派遣された部隊名。「アリス・スイート」第一歌一〇行目はジョン・ダンの綺想詩からの引用。チーヤ七爺、パーヤ八爺は福建台湾の城隍廟の守護神（長崎発音）。「燭」は二〇〇四年にコソヴォ・ミトロヴィッツァのセルビア難民地区で、作者が日本語を教授したときの体験に基づく。「破瓜」とは古語で六十四歳の意。ジャン・ヴィゴ（一九〇五―三四）はフランスの映画監督。ヴィゴ家はアンドラ王国元首の家柄で、父親ミゲルは著名な無政府主義者としてパリで獄死。

　前詩集『わが煉獄』に続き、上野勇治氏のお手を煩わせた。感謝の言葉を申し上げたい。

二〇二一年七月二十五日

著者記

四方田犬彦　よもたいぬひこ

一九五三年、大阪箕面生。詩集に『眼の破裂』（百頭社、一九九三年）、『人生の乞食』（書肆山田、二〇〇七年）、『100　POSTCARDS』（大和プレス、二〇〇九年）、『わが煉獄』（港の人、二〇一四年）がある。翻訳詩集にマフムード・ダルウィーシュ『壁に描く』（書肆山田、二〇〇六年）、ピエル・パオロ・パゾリーニ『パゾリーニ詩集』（みすず書房、二〇一一年）、チラナン・ピットプリーチャー『消えてしまった葉』（共訳、港の人、二〇一八年）がある。詩論集『詩の約束』（作品社、二〇一八年）で鮎川信夫賞を受けた。

離《り》火《か》

二〇二一年九月十日初版発行

著者 四方田犬彦

発行者 上野勇治

発行 港の人

神奈川県鎌倉市由比ガ浜三―一一―四九
〒二四八―〇〇一四
電話〇四六七―六〇―一三七四
FAX 〇四六七―六〇―一三七五

印刷 創栄図書印刷

製本 博勝堂

ISBN978-4-89629-397-5